Alianza Cien
pone al alcance de todos
las mejores obras de la literatura
y el pensamiento universales
en condiciones óptimas de calidad y precio
e incita al lector
al conocimiento más completo de un autor,
invitándole a aprovechar
los escasos momentos de ocio
creados por las nuevas formas de vida.

Alianza Cien
es un reto y una ambiciosa iniciativa cultural

TEXTOS COMPLETOS

TCF
IMPRESO EN PAPEL ECOLÓGICO
(EXENTO DE CLORO)

Mercè Rodoreda

Mi Cristina

El mar

Alianza Editorial

Diseño de cubierta: Ángel Uriarte
Traducción de José Batlló

Calle J. I. Luca de Tena, 15, 28027 Madrid; teléf. 741 66 00
ISBN: 84-206-4633-4
Depósito legal: M. 16.834-1994
Impreso en Impresos y Revistas, S. A.
Printed in Spain

Mi Cristina

¿Tantos años has vivido dentro?... ¿Y cómo te las arreglabas?, me dicen. Tienes que ir a hacerte los papeles. Y me miran y en las comisuras de los labios les veo un principio de risa. Vuelve, me dicen, vuelve. Pero cuando vuelvo se mosquean: ven mañana, aún no sabemos nada, ven pasado mañana. Y uno de ellos, el del bigote, estira una mano con los dos primeros dedos bien juntos y hace como si le diese vuelta a una llave y me dice, clavándome una mala mirada: si no vienes a buscar los papeles, ya lo sabes... y venga mover la mano... y yo llevo dentro una pena que me mata, pero nadie lo sabe. Así ocurrió, y sin testigos. Y no me quejo.

El mar entero era un gemido y una ráfaga y volantes de olas y yo atrapado y arrojado, y atrapado, escupido y engullido y abrazado a mi tablón. Todo estaba negro, el mar y la noche, y el Cristina hundido, y los gritos de los que morían en el agua ya no se escuchaban, y atiné a pensar que sólo quedaba una persona con vida y que era yo, gracias a la suerte de ser sólo marinero y estar en cubierta cuando todo empezó a ir mal. Vi espesas nubes sin querer verlas, tendido por entero sobre una ola furiosa, y entonces, con todas aquellas nubes encima, me sentí chupado hasta muy adentro, más adentro que las otras veces. Descendía, entre remolinos y peces alarmados que me rozaban las mejillas, y venga descender, llevado por un torrente de agua dentro del agua, bajando por un acantilado, y cuando el agua se calmó y fue bajando poco a poco, la cola de un pescado más grande que los demás me golpeó en la pierna, y ya no veía las nubes sino la oscuridad más oscura que haya visto hijo parido de mujer, y el tablón me salvó porque sin él quizá hubiera ido a parar donde había ido a parar el agua engullida. Cuando intenté levantarme para andar por el suelo, resbalaba, y aunque ya me figuraba dónde estaba, preferí no pensar, pues me acordé de lo que mi madre me había dicho en su lecho de muerte. Yo estaba a su lado, muy triste, y mi madre, que se ahogaba, tuvo fuerzas para levantarse de medio cuerpo para arriba y con el brazo largo, largo y seco como un mango de escoba, me pegó un tremendo guantazo y me gritó aunque apenas se la entendía: ¡no pienses! Y murió.

Me agaché para tocar el suelo con las manos. Estaba resbaloso y mientras lo tocaba escuché muy cerca de mí como un enorme gemido de trompa, que poco a poco se convirtió en un bramido. Y entre bramidos y gemidos, como la ronquera de unos pulmones viejos y cansados, la tierra se movió hacia arriba y yo caí abrazado a mi tablón. Medio atontado, no sabía qué pasaba exactamente, sólo sabía que no tenía que dejar el tablón en la vida, porque la madera es más fuerte que el agua. Sobre el agua revuelta una madera llana es más fuerte que todas las cosas del mundo. Quería saber dónde estaba exactamente, y cuando una parte del cerebro empezó a dolerme menos intenté andar hacia adelante, y todo lo veía color tinta de pulpo asustado, y se habían terminado los gemidos y sólo escuchaba glu-glu, glu-glu. Y el suelo, bajo los pies, pues volvía a estar en pie, era de goma tierna, como aquella que chorrea tranquila de los troncos de los árboles, goma recogida, trabajada y secada y después ablandada por el calor, aunque allí dentro hiciese frío y los dientes me castañeteasen. Distraído, me encontré de nuevo sentado en el suelo con el tablón atravesado entre las piernas. Estiré un brazo y con la palma de la mano toqué la pared y toda la pared se movía como si fuese una ola incesante, como un desasosiego muy antiguo. Cogí el tablón tal como estaba, de través, y embestí la pared que se movía, y el tablón y yo volamos por los aires y volvimos a caer encima del suelo fangoso. ¡A golpes de tablón! Lo clavaba en el suelo y cuando lo tenía clavado, daba un paso adelante, y así, con penas y fatigas, cayéndome y levantándome, llegué a un lugar extraño, oscuro, y al propio tiempo lleno de colores que no lo eran exactamente, fantasmas de colores, encendidos y apagones de azules y de amarillos y de rojos que se acercaban y se alejaban, colores que no parecían tales, que eran un fuego distinto del fuego y que no podría explicar, cambiantes y escurridizos. Llegaba un poco de claridad, una claridad delgada y enfermiza, y me acerqué a ella y vi la luna allá fuera por entre un enrejado de varillas. Abrazado a mi tablón dejé pasar muchas horas. Me parece. Porque cualquiera sabe dónde se había metido el tiempo. Y cuando la luna fue descendiendo, los colores se tornasolaron un poco y entonces me di cuenta de que no respiraba y de que me salía agua por los oídos, un chorrito por cada lado. Y no era agua, sino sangre, pues los oídos se me debían haber reventado por dentro, y mientras me pasaba la punta de un dedo por el cuello tibio de sangre, sentí una sacudida que venía de lo hondo de donde yo estaba y con la sacudida subió un chorro de agua que apestaba a pescado vomitado. Y aquel agua me cubrió hasta los hombros, y suerte tuve que quedase quieta y que poco a poco volviese a bajar, aunque quedé apestando a pescado. Ya no me salía sangre por los oídos: pasaba el aire por ellos, pues el camino del aire se había modificado. Golpeé fuerte con el tablón en el suelo y no pasó nada, ni un gemido, ni una sacudida. Fui hacia adelante, abrazado a mi tablón, entre luces de colores que no sabía si eran las mismas que ya había visto o bien otras, pues iban apagándose, y por entre el enrejado de varillas entró la luz del amanecer que se levantaba, y sentí la paz de la mar en calma, algo que no puedo explicar, como si mi mundo estuviese a punto de borrarse, no sé... Me detuve, y a través del aire que me entraba y salía por los oídos oí una respiración muy fuerte entre el chapoteo del agua. Luego me pareció pisar un pedregal, pero eran los granos de una lengua, y de repente, tablón y yo, fuimos de nuevo por los aires, y me pareció que me abrazaban fuertemente. Un abrazo de esos que te dejan sin respiración. Casi había salido, junto con el agua, por el agujero rociador de una ballena y el tablón me había salvado de salir del todo, disparado como una bala. Y vi cosas que había visto ya muchas veces, pero ¡desde qué lugar tan distinto! Era la ballena más grande de todos los mares, la más brillante, la más antigua. Yo había pasado toda la noche dentro de ella. Clareaba pausadamente y, colgado del agujero rociador por las mandíbulas, que ya empezaban a dolerme, abrazado a mi tablón al otro lado del agujero, con los pies balanceándoseme, vi dos ríos que se juntaban con el mar, muy distintos entre sí. Las aguas de aquellos ríos tenían dos colores: colorado de tierra roja, uno; verde de algas, el otro. Y aquellos dos colores bailaban una lentísima danza de mezcla y separación. Danza y danza la danza de los colores. Yo soy colorada, yo soy verde. Ahora te pongo el colorado, ahora escurro el color verde. El verde penetra por debajo, ahora por debajo se esconde el colorado... Y mientras miraba salió el sol, el agujero se ensanchó y yo caí como una piedra. Entonces pude ver lo que había dentro. A los pies, mecido por el agua y la saliva, había un marinero. Extendido sobre la lengua, a mi alcance, con la corbata atada con un cordoncillo, el áncora en la manga, los pantalones pegados a las piernas, la cara morada, los ojos abiertos y vacíos. Tres peces se le estaban comiendo una mano. Los asusté y se fueron, pero volvieron al punto, cegados. Yo también tenía hambre, pero me la aguanté, y, abrazado a mi tablón, saludé a la muerte y canté su himno. Pasé tres días persiguiendo peces y yendo de un lado para otro y de vez en cuando un golpe de lengua me estampaba en su mejilla. Hasta que..., me duele el decirlo..., pasé aquellos tres días intentando sacar al marinero fuera. Ella apretaba las varillas y yo los dientes, y me apretaba también el cinturón para poder hacer más fuerza. De tanto apretarme el cinturón, se me despertó más el hambre, y empecé a comerme al marinero, a pedacitos. Estaba duro y lleno de nervios, muchos nervios. Con todo, prefería comerme a un marinero que no conocía a comerme a un marinero conocido. Algún pescado lo había vaciado cuando aún vagaba por el agua. Estaba entero, excepto los ojos y las entrañas. Esto hizo que se conservase y pude hacerlo durar más días. Tiraba los huesos más pequeños por entre las varillas, pero los más grandes me los quedé. Las varillas del lado derecho estaban limpias y raspadas. Las del lado izquierdo eran una mezcla de algas, conchas y moluscos. Para no comer siempre marinero, a veces comía mariscos. Lo peor era la sed. Pero todo tiene arreglo. Un día, de milagro, entró un cazo. En seguida pensé en los árboles de la goma y de un solo golpe, sin piedad, clavé el cazo por el mango en el cielo de la boca de la ballena. Al día siguiente estaba lleno de jugo y pude beber. El agua del mar, salada, hace que la carne de los peces sea dulce. Volví a clavar el cazo. Siempre tenía que hacer agujeros nuevos, porque las heridas causadas con el mango cicatrizaban en seguida. De vez en cuando, si me descuidaba, me atizaba con la lengua contra el paladar y allí me tenía durante horas. Navegábamos despacio. Ya había marcado siete rayas con la punta del cuchillo en una de las varillas. Siete días. Una mañana, embestí las varillas para ver si abría brecha y todo empezó a dar vueltas y yo iba arriba y abajo, tan pronto encima de la lengua como debajo, tan pronto a un lado como arriba del todo y, pegado al paladar, tuve el acierto de pegar un grito: ¡párate, Cristina!... Me encontré sentado con mi tablón atravesado encima del pecho. En aquel momento, sin advertirlo, la bauticé.

Por entre las varillas vi mares de todas las clases. De distintos azules y color vino, lo que quieras, con olas doradas y montañas de hielo y nieblas al amanecer. Y yo temblando y sufriendo. Me decía: todas las lágrimas de la tierra van a parar al mar. Y la ropa se me deshacía, podrida. Primero se me deshilacharon los bajos de los pantalones, después la marinera, la ropa se fue no sé cómo y me quedé sólo con la correa de cuero y el cuchillo, que tenía el mango de nácar, cruzado bajo la correa. Pronto tuve que hacerle nuevos agujeros. A veces, si me dormía durante un rato, soñaba que apretaba el cinturón y que dentro del cinturón ya no quedaba nada... ¡Costas verdes! Cuando vi aquellas costas me puse a rezar. Volví a jugarme la vida y volví a pegar empellones con el tablón. Cristina se sumergió. Estuvimos mucho rato dentro del agua. Cuando salimos mis oídos respiraban enloquecidos, pero las varillas se habían abierto como la puerta de una presa y yo me fui hacia el bendito mar de Dios, que ya no parecía hecho de lágrimas, sino de las risas de todas las fuentes del mundo. Y el tablón y yo íbamos así, mecidos, hacia la tierra verde. Había pájaros que chillaban junto a la orilla y me pareció que la brisa traía el aroma de espigas y de pinos. Pero de repente la oí llegar, sin siquiera volverme, su sombra me cayó encima y por la boca envarillada volvió a meterme dentro de ella. Y empezó la mala vida. Seis meses; todas las noches pegándole golpes de tablón por dentro, soltándole garrotazos en la lengua con el hueso de la pierna del marinero, que cualquiera sabe a dónde había ido a parar. Con el cuchillo le hacía cruces en el costado del paladar y debajo de la lengua. Le hundía el mango del cazo, que ya estaba mohoso, para que la envenenase, la pinchaba con la hebilla de la correa. Al final, ya no navegaba: iba sin tino por encima del agua, un poco escorada. Le marcaba los días hundiéndole la hoja del cuchillo en el paladar que temblaba como si fuese gelatina, y de las señales le chorreaba sangre blanca y sangre roja. Cuando tuve todo un lado del paladar hecho trizas, empecé a marcar el otro. Un día le corté un grano de la lengua y oí un bramido que parecía el órgano del día de difuntos. Por las noches le salía, desde muy adentro, un gemido, como si todas las campanas de los campanarios del mar doblasen al mismo tiempo, ahogadas por el peso del agua y de la sal. Cristina se mecía lo mismo que una cuna y me mecía para dormirme, pero siempre desconfié de ello. Empecé a comérmela. Marcaba una cruz y después cortaba la carne por debajo y me la comía masticando bien, como había hecho con el marinero. Un día, los gemidos parecieron gemidos humanos y Cristina se sumergió y pasó muchísimo tiempo dentro del mar. Aunque yo respiraba por los oídos, cuando volvimos a la superficie fue como si volviésemos del infierno del agua. Le cortaba la campanilla, le dejaba el tablón apuntalado en la entrada de la garganta y le rayaba la lengua a cuchillazos. Cruces y más cruces, días y más días. A veces le zumbaba un golpe de tablón en el paladar allí donde lo tenía más vacío de carne. Sin cesar. La lengua estaba demasiado dura; sólo me comía el paladar y la carne le volvía a brotar y yo la veía crecer como si fuese hierba de primavera. Cuando le ponía el hueso de la pierna del marinero debajo de la lengua se me volvía loca como un conejo. Pero así que la dejaba tranquila, volvía a navegar, un poco escorada, despacio, como si de repente el agua del mar, cansada de brincar y gritar, se hubiese vuelto espesa y difícil. Pasaba el tiempo, con sus días, sus meses y sus años, y nosotros siempre adelante porque en el fondo de una extraña oscuridad sentíamos que en un lugar que nunca acertábamos a encontrar, nos esperaba quién sabe si el último haz de luz sobre la sombra, o aquella especie de recuerdo delgado que dejan las cosas cuando se van para siempre. Al final me cansé. Vivía arrinconado en un hueco del paladar, y ella me guardaba abrigándome con la lengua y yo sentía como si me acartonase, y es que ella, con su baba, me iba cubriendo de costra. Y ni ella ni yo sabíamos qué mares navegábamos, hasta que una noche se quedó encallada sobre una roca y en aquella roca murió, toda marcada por dentro. La playa no estaba lejos: media hora de remo, apenas. Quise abrir las varillas a golpes de tablón, pero no pude porque el tablón ya estaba medio podrido por los cantos y se había acortado y adelgazado. Con un enorme trabajo salí por el rociador y cuando estuve fuera me dejé caer deslizándome por la gran curva del lomo hasta el agua, pero no sentí nada porque debía haber ido a parar a una especie de mundo que debía de ser el mundo de los limbos. El mar me lanzó sobre la arena y allí me recogieron. Al despertar, me encontré en un hospital y una monja me daba de beber leche recién ordeñada, y yo no podía tragar porque tenía la lengua y la garganta como si fuesen de piedra. Y otra monja, con un martillito de madera, que luego me explicó habían hecho expresamente, iba golpeándome la costra, que era de perla, y de este modo iba arrancándomela. Al principio, la costra con los golpes del martillito se estrellaba. Y al cabo de unos cuantos días se despegaba a miajitas, pues la monja la iba regando con un porrón de agua preparada. Y la monja hacía su trabajo con resignación y decía: «Señor, la piel de debajo de la costra parece la de una lombriz de tierra». Y cuando ya tenía casi toda la costra arrancada y sólo me quedaba en la mejilla derecha y en medio lado de la cabeza, la monja me dio unos pantalones de hilo y me dijo que tenía que presentarme para que me hiciesen los papeles. Y me presenté y en seguida me dijeron aquello de que cómo me las había arreglado para vivir, durante tantos años, y de que si creía que les iba a tomar el pelo... Y el viento y el sol que siembran y maduran me iban haciendo una piel tierna, y suerte de ello porque todo yo estaba tan vacío como el paladar de Cristina. Y cuando ya hube vagado bastante, volví al hospital y la monja me preguntó si la piel me dolía cuando salía a la calle, tan delgada, y yo le contesté que la piel sólo me dolía, y mucho, cuando ella me golpeaba con el martillito la costra y me la regaba con aquella agua preparada que hervía un poco cuando tomaba contacto conmigo. Después me metía en la cama con mucho cuidado y dormía muy mal. Un día, claro, me echaron del hospital y me dijeron que ya estaba curado. Me dieron un buen plato de sopa caliente en vez de leche recién ordeñada, y a la primera cucharada arranqué a gritar y a correr porque mis entrañas estaban en llaga viva, y mordidas y podridas por toda la carne enferma que había comido de mi Cristina. Salí a la calle gritando aún, en el momento en que los niños iban a la escuela y un muchachito, casi asustado porque yo lo miraba, me señaló con el dedo y dijo en voz baja a los otros: es de perla. Las manos me brillaban todavía con aquellos trocitos de colores que las conchas tienen en el lado liso... Y veía los ojos de los niños, un rebaño de ojos azules y negros que me seguían y no me dejaban como si se sostuviesen a media altura sin nada alrededor y sólo fuesen a lo suyo... Me detuve, con la mejilla y media cabeza de costra de perla, tan bien pegada, tan bien casada con mi carne, que el martillito nunca pudo romperla. Y me estuve quieto hasta que los niños se cansaron de mirarme, y entonces fui hasta todo lo alto de los acantilados, fuera del pueblo, a todo lo alto, allí donde ya no se puede subir más, allá donde hacen el nido los pájaros de agua y donde mueren las mariposas en otoño. Y con el corazón lleno de cosas que temblaban como las estrellas en la noche me quedé mirando al mar y a la oscuridad que lo iba cubriendo. Por el lado en que el sol se ocultó, se arrastraba aún un poco de luz que se iba esfumando, y no bien estuvo todo negro, de parte a parte del mar surgió una carretera de luz ancha y quieta, y por aquella carretera de luz ancha y quieta pasaba mi Cristina con el rociador en marcha y yo iba encima de su lomo abrazado a mi tablón, como antes, cantando el himno de la marinería. Y desde donde estaba, desde todo lo alto de los acantilados, lo escuchaba muy claramente, allá abajo, cantado por mí en medio de toda aquella extensión de agua, carretera adelante, sobre mi Cristina, que dejaba un rastro de sangre. Terminé de cantar y Cristina se detuvo y yo me quedé sin respiración, como si todo se me hubiese ido por la vista, hasta que mi Cristina, y yo encima suyo, saludando y callados, nos perdimos hacia el lado donde el mar da la vuelta para ir aún más lejos... Me senté en el suelo con las piernas dobladas y me dormí con los brazos encima de las piernas y la cabeza encima de los brazos. Y debía estar muy cansado porque me despertó la luz del amanecer con los gritos de los pájaros que no saben cantar. Salían, blanquísimos, de los agujeros de las rocas en grandes vuelos, en compañía, haciendo chasquear las alas, y se tiraban en picado al agua y volvían a subir raudos con peces en el pico que daban a sus pequeñuelos, y había otros que en lugar de peces traían ramitas y briznas de hierbas, para construir sus nidos. Me levanté, mareado por el griterío, y el mar estaba liso como un tejado, y empecé a bajar hacia el pueblo y cuando estuve cerca de las primeras casas una mujer sucia y despeinada salió de un portal y se me tiró encima, y gemía, y me golpeaba en el pecho con los puños, y gritaba, eres mi marido, eres mi marido, y me abandonaste... Y juro que no era verdad, porque yo nunca había estado en aquel pueblo, y si hubiese visto alguna vez a aquella mujer me hubiese acordado porque tenía los dientes de la parte de arriba colgándole sobre el labio inferior. La aparté con el brazo y cayó al suelo, y con el pie la empujé y separé de mí con cuidado, pues un niño nos estaba mirando desde una ventana. Y fui de nuevo allá donde hacían los papeles. Estaban celebrando algo que no sabía qué podía ser. El caso es que todos estaban bebiendo vino dorado en unas copas pequeñas. Estaban de pie y el del bigote me vio en seguida y se me acercó con cara de no querer estorbos, y vi a otro, con manguitos, que hablaba al oído de uno que no tenía ni un pelo, y por el movimiento de los labios adiviné lo que le estaba diciendo: la perla. Y todos se volvieron a mirarme y el que se me había acercado volvió a decirme: mañana; y me acompañó hasta la puerta, y casi me echó a la calle, mientras iba diciendo, como una canción: mañana, mañana...

El mar

Andaban despacio. El más alto era un hombre solemne, bien vestido, con la barba gris y los pómulos un poco encendidos; el otro, magro y mal afeitado, parecía estar aún convaleciente de una enfermedad. Los dos estaban abstraídos en la conversación y el más alto se detenía de vez en cuando y se pasaba la mano por la barba, como si quisiera sopesar bien sus palabras.

En la vida no hay tiempo para todo. Reír y llorar, divertirse, amodorrarse y aburrirse... Y en el momento de nacer ya te tienes que preparar para morir. Porque las ganas de llorar que tienen los niños de pañales se deben a que ya se lo huelen.

—¿Ya se huelen el qué?

—El olor que tiene esparcido la muerte... Después, uno acaba acostumbrándose... ¿Sabe usted lo que me impone respeto?... Pensar que detrás de Montjuic tenemos un portaviones. ¿Ve?... de muchacho me hubiera gustado servir en un portaviones. ¿No ha visto usted nunca una película en la que saliera un portaviones?

—Vi una, sí, ya hace años, con dos aviones que volvían con el motor incendiado. Y uno de los aviones, el segundo, embestía al chico que hacía señales con las banderas... Pero lo más curioso es que...

—Debía morir.

—¿Quién?

—El chico de las banderas.

—En el acto. Lo que encuentro más curioso, como le decía...

—Lo más curioso que ha sucedido es el misterio del submarino... ¿Se acuerda?

—Sí, pero...

—¿Qué mira?

—Aquella nube color pizarra... Aquello del submarino fue una broma.

—Si aquel zafarrancho dice que fue una broma... Mire, yo, si fuese rico, y sucediese una de estas gordas, allí quisiera encontrarme. Que los Mau-Mau gritan, yo allí. Y quien dice los Mau-Mau dice cualquier otra aventura, porque sin aventura... En cambio, usted no, por lo que veo. Dice que fue una broma y va y se queda tan tranquilo y a punto de irse a dormir con un camisón que le llega a los pies. No piensa.

—Me gusta sentarme cara al mar y quedarme vacío. Usted no dormirá tranquilo con esta agitación en el alma.

—La agitación es vida. El mar, tómeselo con calma, no me dice nada. Lo que me interesa es el portaviones que hay encima...

—Entonces, ¿a usted tanto le da cómo se crían las coquinas?

—¿Qué quiere decir?

—Es que a las coquinas las va formando el mar. Y sin el mar, el portaviones que tanto le gusta tendría que andar con ruedas. ¿Es que no se da cuenta de que el mayor misterio del mundo es el mar? Mírelo, mírelo bien.

—Siempre está usted diciendo mire, mire...

—Usted también. Mire: usted y yo estamos uno en el polo sur y el otro en el polo norte. Yo considero que el mar, con ese ajetreo de las olas, es una tragedia.

—Agua de fuente con un poquitín de sal...

—Agua profunda que no tiene fin. Y lo que pasa en su interior...

—Peces que van y vienen.

—Dentro hay hombres y pueblos sepultados; yo no puedo mirar la desazón del agua sin trastornarme de la cabeza a los pies. Y la espuma... millones y millones de burbujas que produce cada ola. Esta agua que no es verde ni azul, donde el sol y el cielo se rompen, está llena de barcazas que el agua de la fuente, como usted dice, se tragó de un sorbo...

—¡Y dice usted que cuando mira el mar se queda vacío!... ¡Pues no cavila poco!

—Las cosas muertas me trastornan. Y las vivas me aturrullan.

—A mí, el mar me deja frío. Ahora, si el mar trae una revolución como la del submarino, ya me tiene a toda pastilla. Vamos a sentarnos en aquel banco.

Se sentaron en un banco, junto a una mujer que sostenía en el regazo una jaula con un jilguero. La jaulilla se tenía sola y la mujer iba dando pedacitos de lechuga al pájaro, que los tomaba con el pico por entre los barrotes, después de mirar a la mujer con mucha atención. Cuando los dos hombres se sentaron, la mujer se apartó un poco y se recogió las faldas para hacerles sitio. El hombre alto se sacó un puñado de recortes de periódicos del bolsillo.

—¿Ve?... he traído todos los recortes de periódico. Tenga, lea. A ver si todavía se atreve usted a decir que fue una broma.

Un momento. Los tengo ordenados, pero como los he estado mirando antes de traerlos me parece que se han mezclado. Las cosas se lían solas. Mientras no piensas... Perdone. Un poco de paciencia nunca sienta mal. A ver... La broma, como usted dice, empezó el día 12... 15... mire ¿Ve?... ya me ha pegado usted el vicio del mire, mire... Bien, vamos al grano. Las primeras noticias no las tengo; porque se ve que estaba distraído... pero arranco del día en que empieza lo que ellos llaman la batalla decisiva. Toda la zona de mar, donde ellos creían que se hallaba el submarino, estaba cubierta de aviones. Aviones para arriba, aviones para abajo; y el submarino todo lo escondido que podía en el agua. Un polluelo.

—Mire.

—¿Qué pasa?

—Esos chiquillos cara al mar.

Eran un niño y una niña. El niño tendría unos siete años, llevaba pantalones largos y un jersey de color vino, con los codos agujereados y el cuello alto, vuelto. La niña no iría más allá de los tres años y estaba metida en una falda encarnada medio torcida y en un jersey violeta. Los dos estaban descalzos. El sol poniente clavaba en tierra sus sombras alargadas y delgadas.

—Déjelos tranquilos. El submarino, muy vigilado, intenta salir a la superficie. Desde tierra se vio cómo la fuerza expedicionaria argentina atacaba al submarino.

—¿Y los aviones?

—Fíjese bien en lo que voy a decirle... Dice, con letras de a palmo, que no habrá ayuda norteamericana... Los argentinos atacan.

—Pero, ese submarino, ¿qué buscaba?

—Ante todo, parece que quería salir para cargar las baterías.

—¿Y por qué no dejaban que las cargase?

—Lo que quería era husmear. Y en seguida cerraron el golfo.

—¿Y podían cerrarlo?

—No lo sé. El periódico lo dice. ¿Es que cree usted que los argentinos no tienen sus tácticos?

—Yo qué sé.

—Pues atienda y calle. Mientras atacaban, en Buenos Aires cogieron a tres personas complicadas en el tejemaneje, y en la frontera de la Patagonia cogieron a un operador de radio que con una radio portátil se comunicaba con el submarino. Este operador, según parece, dio muchas explicaciones, que si estudiaba el clima, etc., pero como le pescaron el mensaje, se lo hicieron leer palabra por palabra para que no pudiese seguir negando y lo metieron en la cárcel.

—¿Y qué decía el mensaje?

—No se sabe. Un momento. Día 16... día 19.. ahora vuelve a salir el día 14... Déjeme buscar el día 18. El día 18 aclara muchas cosas.

Mientras el hombre alto ordenaba los recortes de periódico, su amigo dijo a la mujer:

—¿Hace mucho tiempo que lo tiene?

—¿Se refiere usted al jilguero?

—Sí, señora.

—Es muy viejecito. ¿Ve usted qué uñas más largas?

—En seguida me lo ha parecido. No por las uñas, que no las había visto, sino por la manera que tiene de mirarla a usted... Se ve que es muy sensato... y se come la lechuga... la toma como si escogiese la más tierna.

—Se cree que son las papeletas.

El hombre alto, que ya había ordenado los papeles, dio un codazo a su amigo.

—Atiéndame. Día 12... el submarino desconocido en aguas argentinas... a ver... Mire, ahora sale el día 13... Espere...

—¿A qué papeletas se refiere usted?

El niño y la niña ya no miraban al mar. Se habían acercado al banco y estaban embobados con el jilguero.

—Las papeletas de la rifa. Hago una rifa para las chicas... para las ilusiones de las chicas: con papeletas rosas y con papeletas azules... En los mercados. Siempre sobre el amor.

—Quiere hacerme el favor de dejar tranquila a la señora... Día 13: tres personas pilladas con la radio. Día 14: se ha podido averiguar que el submarino es ruso. Llega material norteamericano para reforzar a los argentinos... ¿Se acuerda de que con letras de a palmo dijeron que no habría ayuda norteamericana?... Y dice que el submarino, si quisiera, podría escaparse.

—¿No decían que habían cerrado el golfo?

—Lo decían. Un momento... Día 15: encuentran al hombre-rana. Dice que para ser hombre-rana no se puede pesar más de setenta kilos. Ni medir más de un metro setenta y cinco de estatura. Día 16... ¿dónde se ha metido el día 16?... ¿dónde te has metido, día 16?

—Descanse. ¿No ha visto qué jilguero más bonito?

—¿Un jilguero? ¿Dónde?

—Esta señora que está a mi lado.

—Ya tengo el día 16. Deje en paz al jilguero y escuche... Dice que los argentinos, ayudados por los americanos, los del norte, piensan atacar de un momento a otro... Todos están armados hasta los dientes. La bandera blanca y azul y la bandera de las estrellas.. Y ya tenemos aquí a Port Meyrin...

—Aún no había salido.

—¿Qué?

—Ese nombre.

—No diga necedades. Dice que Port Meyrin desmiente que se haya encontrado a un hombre-rana. Y debajo de la gacetilla desmintiendo hay otra gacetilla que dice que hay cuatro hombres-rana buscando al submarino. Y, además, que una tempestad dificulta la búsqueda porque entre las nubes y los truenos...

—El mar está regido por la luna y la luna manda.

—¿Es que ustedes también se interesan por la luna?

Era la mujer del jilguero, que hacía ya rato que les escuchaba. La niña acercó un dedo a la jaula y, sin tocarla, rió. El niño le cogió la mano y la retiró.

—Deje la luna en paz...

—Pues mi ahijado, que vendrá a buscarme con la moto, siempre dice que quisiera ser el primer hombre que fuese a la luna.

—Estamos hablando de un submarino, señora... Paso al día 18: dice que están casi convencidos de que aquello del hombre-rana muerto era una noticia falsa.

—¿Pues no decía que eran cuatro?

—Sí. Primero decían que era uno y después que cuatro, pero el día 18 dice que es falso que hayan encontrado a un hombre-rana muerto. Y dice que los submarinos continúan en el golfo y que —ya están aquí— los hombres-rana, si los submarinos...

—Hasta ahora sólo se había hablado de un submarino.

—¿Quiere usted hacerme el favor?... A veces le quitan importancia a una noticia con el fin de no excitar al público.

—Pero si sólo hablaban de un hombre-rana, para empezar, y de un submarino, ¿cómo se comprende que de repente aparezcan más hombres-rana y más submarinos?

—¿Y qué quiere usted que yo le diga? ¿Que tiene usted razón, que ni siquiera sabe por dónde cae la Argentina, y perdone? Haga el favor de escucharme, o si no, terminamos.

—Quizá fuera lo mejor...

—... y dice que los cuatro hombres-rana, si los submarinos no obedecen las órdenes de rendirse —que les lanzan las radios argentinas y norteamericanas sin cesar— les clavarán cuatro cargas de plástico, dos a cada lado, aunque pierdan la vida en ello. Fíjese, fíjese: ahora ya dicen los submarinos, sin más contemplaciones... En plural. Eso quiere decir que había un enjambre.

—No comprendo que una persona como usted...

—¿Qué quiere decir con eso de una persona como usted? ¿Que comulgo con ruedas de molino?

—Con ruedas, no. Con muelas.

—Si se cree usted gracioso...

—No se enfade, hombre de Dios, no se enfade. Venga, termine de contármelo, que le escucho.

—Le escucho, le escucho... Ahora ya sólo queda la noticia bomba, como quien dice. ¿Ve? Con grandes titulares y en la primera página del interior: el submarino ha sido atacado con cargas de profundidad. Y además dice que se han ofrecido voluntarios nadadores atletas para ayudar a los hombres-rana. Y dice que actuarán combinados la primera noche que haya luna.

La mujer del jilguero volvió la cabeza hacia ellos con los ojos semicerrados.

—Cuando llegue mi ahijado ya verán cómo les cuenta las ganas que tiene de ir a la luna. Por la noche estudia eso de los cohetes.

—¿Y por qué no es usted quien se va a la luna?

—¡Ay! Si tuviese los años de mi ahijado... ¿Saben ustedes que dentro del cohete se flota y que la comida también flota y que vives cabeza arriba, cabeza abajo?

El niño rió y dijo a la mujer:

—¿Nos deja que paseemos al jilguero?

—¿Qué es lo que dices?

—Que a mi hermana le gustaría pasear al jilguero. Sólo un poquito. Cogido por el asa.

—No, que es muy delicado y se asustaría.

—¿Qué es lo que quiere este niño?

—Dice que su hermanita tiene ganas de pasear al jilguero y la señora le dice que no quiere.

—Déjeles en paz y escuche, que ya se termina. ¡No está usted pesado ni nada con el dichoso jilguero! Dice que al final sólo quedan dos embajadas, que no han contestado al gobierno argentino si los submarinos son suyos o no. Ya puede usted suponer cuáles son. Y que los submarinos juegan al escondite y que los que buscan ya están hasta la coronilla.

—Todo esto no es más que una historia inventada para despistar a la gente de lo del cohete a la luna.

—¿Y usted se lo cree?... Usted, que se pasa las horas mirando las olas y pensando en la fabricación de las coquinas ¿le da importancia a que se mande un cohete a la luna, que ni siquiera sabemos si ha llegado y del que hemos de creernos lo que nos dicen?

—Mi ahijado dice que si pudieran hacer apeaderos alrededor de la luna nunca tendríamos frío ni calor.

—Su ahijado más valdría que trabajase.

—Cómo se ve que ustedes viven de rentas. Todas las tardes vienen aquí a perder el tiempo. Hoy me han visto porque han ido un poco más lejos y han venido a sentarse a mi banco. Pero yo les veo a ustedes todos los días. Si tuviesen mis penas...

—Mire, señora, su historia...

—Fue mientras miraba al ciruelo, cuando tuve aquella mala aparición... Después de haber fregado los platos.

—Déjenos tranquilos.

—Cállese; no hace ningún daño.

—Al atardecer siempre me asomaba a la ventana de la cocina para mirar al ciruelo de abajo. Sufría mucho con él porque estaba en el jardín de una casa abandonada y nadie lo regaba y yo me pasaba el invierno pensando si en primavera aún viviría.

—¿El ciruelo o usted?

—El ciruelo. Y cuando el invierno ya se terminaba no podía dormirme en paz hasta que le salían los brotes como si fuese transpiración de la sangre. Una noche quedé ciega, completamente ciega. No veía ni el ciruelo ni la luz del farol ni, encima de todo, el firmamento; sólo negrura y más negrura. Me puse en pie de un salto, olfateando el peligro y, de entre la oscuridad, viniendo de lejos, se fue acercando una figura fantasmal dentro de una sábana que le caía holgada y que se movía como la llama de una vela con el viento que haces cuando pasas por delante. Tenía dos agujeros negros por ojos, como si estuviesen recortados en un papel y lo negro fuera la negrura que lo llenaba todo. Y cuando ya estaba a punto de morirme, se desvaneció. Pensé: ya está muerto. Ha muerto en la guerra. Pero no era verdad. Era un aviso. El aviso de que se acercaba.

—¿Quién se acercaba?

—Mi marido... ¿No es triste el que yo tenga que venir todas las tardes a esperar que mi ahijado, al dar de mano, me lleve a su casa a dormir?... Tenía el miedo metido en el cuerpo como si fuera una víbora... Cerré la ventana de la cocina y nunca más miré al ciruelo después de cenar.

—Pero, ¿no decía que se había quedado ciega?

—Sólo para ver la aparición. Fue el anuncio de que mi marido, que había estado con los de la División Azul y al que todo el mundo daba por muerto, había vuelto. ¡Después de tantos años! Y no puedo sacármelo de encima, que quiere vivir conmigo y dale con que quiere vivir conmigo.

—Cierre la puerta.

—Diga que no le quiere.

—Es lo que hice, pero me lo encontraba tendido en el rellano esperando a que yo volviese del trabajo. El primer día, a oscuras, por poco caigo rodando escaleras abajo del tropezón que me pegué con él... Lo tuve durante toda nuestra guerra escondido en el desván, pues vivíamos en una casa para nosotros solos. Y le subía la comida que yo misma me quitaba de la boca. Y él escondido en su rincón y sólo pensando en los del comité. Después, no sé por qué ocurrencia, se hizo de la Azul. Y cuando ya hacía años que le creía muerto de frío en la nieve, va y vuelve. Viejo, y sucio, y enseguida va y pregunta por Carlota, nuestra hija, que se murió de pulmonía a los quince años, y va y me echa las culpas a mí. Y cuando le digo que no le quiero, va y se me tiende en el rellano. Cada día, cuando sabe que estoy en casa, va y llama. Yo abro con la cadena echada, miro, y vuelvo a cerrar sin abrir la boca. Y él va y vuelve a llamar. Y yo me hago la sorda. Y vuelve... Y vuelve. Y yo loca por dentro y sin saber qué hacer. Y un día va y me dice, por la rendija de la puerta me dice que la abrirá con una ganzúa y que le cortará la cabeza al jilguero. Que me echará de la cama y me obligará a dormir en el suelo.

Hacía ya rato que la niña había abierto la puerta de la jaula y el jilguero se había salido. Se detuvo un instante, quieto, sobre la falda de la mujer, luego saltó al suelo y empezó a andar con los dos niños tras de sí.

—Hablando de su marido se va a quedar sin jilguero.

—¿Quién le ha abierto la puerta?

—¡Vaya pregunta!... Los niños, que tenían ganas de pasearlo.

La mujer se levantó, blanca como el papel.

—Intenten cogerlo.

—¿Cómo quiere que lo cojamos? ¡Vaya unas ocurrencias que tiene usted!

—¿Quieren decir a los niños que se paren?

—Niños, estaos quietos.

—Tengan cuidado no venga un coche y me lo aplaste. A lo mejor vuelve dentro de un ratito.

—Me parece que a ése no vuelve usted a echarle mano.

—Pobre de mí..., ahora se sube a la barandilla. ¿Han visto cómo vuela? Y eso que la semana pasada le corté las alas.

—En vez de hablar del cohete y de la luna y de las bromas de su marido tendría que haberse fijado en ese par.

—Está muy bien amaestrado, pero le gusta el ruido del mar. ¿No se dan cuenta de que está como loco y que ni siquiera me oye?... ¡Eh! ¡Párenlo!... Es mi ahijado que viene disparado.

Los dos hombres se pusieron en medio del paseo con los brazos abiertos de par en par. El ahijado tuvo tiempo de frenar justo al lado del primero. Dio la vuelta a la moto, la apoyó en el suelo y, con toda naturalidad, preguntó qué pasaba. La mujer le dijo que el jilguero estaba a punto de tirarse al mar atraído por el ruido del agua. Entonces él se fue hacia la niña, le quitó la jaula de las manos, arrancó la puerta, le enseñó la jaula al jilguero que miraba de reojo cuanto hacían y, en cuclillas, se la dejó todo lo cerca que pudo. El jilguero dio un saltito, se les volvió de frente, con la cabeza inclinada y los ojos redondos como los de una gallina, abrió las alas y volvió a cerrarlas. Se estuvo un rato quieto, escuchando. De golpe y porrazo se sacudió la cola, esponjó las plumas del pecho, se dio unos cuantos golpes con el pico y saltó al suelo. Andando, se metió en la jaula.

—Ha entrado como un señor...

El ahijado miró a la mujer que iba repitiendo «como un señor, como un señor», se acercó a la jaula por detrás y, tapando el hueco de la puerta con una mano, la levantó del suelo.

—Tenga, y para otra vez esté más al tanto.

—Han sido estos niños, que se esfumaban con él mientras yo hablaba de la luna con estos señores que hablaban del mar... ¿Y la puerta?

—Ya la pondré de nuevo.

La cogió del brazo y se la llevó hacia la moto. Cuando la mujer estaba a punto de subirse, los pequeños, los dos a la vez, se echaron a llorar. Los dos hombres, que también se iban, se pararon.

—Deje que lloren —dijo el ahijado.

Pero la mujer se les acercó con la jaula y les preguntó por qué lloraban y el chiquillo le dijo que se habían perdido y que no sabían volver a su casa. Al hombre alto se le cayeron al suelo todos los recortes de periódico y se agachó a recogerlos.

—¿Qué dicen?

—Que se han perdido.

El ahijado les preguntó si vivían cerca. Se había sacado un pañuelo del bolsillo y limpiaba las lágrimas y los mocos de la cara de la pequeña. El chiquillo dijo que no lo sabía, que habían querido ver el mar y que cuando su madre no los encontrase en casa se querría matar, porque siempre se quería matar, hiciesen lo que hiciesen, porque también quiso matarse un día que se fueron a ver los puestos de flores y su hermanita, que no tenía sentido, había cogido una flor con el cabo tronchado que la florista había tirado al suelo porque no le servía para el ramo que estaba haciendo. Aquella noche su madre tuvo un ataque que le hacía dar botes, dormida y todo, y a cada bote los despertaba, porque dormían juntos. La mujer del jilguero les preguntó qué hacía su padre, en qué trabajaba, y el pequeño le dijo que él no tenía padre, pero que la niña tenía dos, un soldado y un dependiente, que siempre les regalaba chocolate con avellanas. Mientras el niño hablaba, la niña había abierto una mano y sin decir nada enseñaba una lentejuela que se había sacado del bolsillo de la falda, y la mujer dijo: «Miren, miren lo que nos enseña», y el niño les explicó que se había caído del traje que su madre se ponía para trabajar. Y que tenía otro, rojo, con volantes, y que cuando se lo ponía y cantaba su madre parecía un clavel chuchurrido. Que una vez les había enseñado cómo se iba inclinando hasta que se quedaba tendida en el suelo. La niña se puso a dar vueltas.

—Tendrán que llevarlos a la policía —dijo el hombre alto, que ya había recogido los recortes de periódico.

—¿Por qué a la policía?

—Para que los lleven a su casa.

—¿Oye?... Dice que viven al pie de una montaña.

—No queda más remedio que llevarlos a la policía.

El ahijado dijo que él mismo se encargaba y con un niño en cada mano y la mujer detrás se fue hacia la moto. Se montaron como pudieron, el ahijado cogió el manillar, puso la moto en marcha con un golpe de pie, le dio la vuelta y, todos juntos, se fueron paseo abajo con el mayor estrépito.

—¿Qué me dice de todo esto?

—Qué voy a decirle... Una chica que enseña las piernas, unos niños que se han perdido, una buena mujer que ve visiones... Cuando pienso en lo bien que habíamos empezado la tarde...

—Mire, el que la madre de los niños enseñe lo que quiera a mí no me importa. Pero que encierre a los niños en el piso. Si los deja por la calle, dentro de pocos años serán unos golfos y en vez de abrir jaulas de pajaritos le robarán la cartera.

—¿A quién?

—A usted.

—¿Y por qué a mí precisamente?

—Es un decir. A quien sea. Y a la señora del jilguero hubo un momento en que me dieron ganas de pegarle un trancazo. Al fin y al cabo, si su marido se fue a la guerra y a las nieves, fue para que personas como usted y como yo pudiéramos vivir tranquilas. Hay que llegar al fondo de las cosas.

—Usted siempre quiere llegar al fondo de todo. Al fondo del mar. Yo también veo los pueblos fantasmas, con peces por las calles. Y las coquinas naciendo. Pero lo que no sé ver es que en un mejillón haya misterio alguno.

—¿No? Y en la vida, ¿tampoco lo ve?

—Todavía en las ostras..., por aquello de la perla. Pero, la verdad sea dicha, considero que hay más vida en un motor de explosión que en una zanahoria. Y de las coquinas, no me hable. Metidas siempre en el agua, que las va lavando continuamente mientras ellas se hartan de arena...

—No diga más burradas...

—Cuando uno se las come, ¿qué es lo que encuentra dentro?

El hombre alto se detuvo y miró durante un rato al otro sin decir nada, con una mano puesta en la barba.

—Ya hace tiempo que nos conocemos y en el fondo estamos de acuerdo. A usted le gustan las ciencias naturales y a mí me gusta la mecánica. Y, hablando de otra cosa, ¿dónde están las castañas?

—¿Qué castañas?

—Las que compramos al venir para acá, para comérnoslas sentados en el banco... ¿No las guardó usted en el bolsillo del impermeable?

—No. Fue usted quien las guardó.

—Pues debo haberlas perdido. A lo mejor me las han quitado los niños. De todas formas, tampoco hubieran estado buenas ya frías. ¿Qué le parece si nos llegamos a comprar más?

—Eso. Y le contaremos a la castañera la historia del submarino. La dejaremos con la boca abierta.

—A lo mejor nos suelta que su marido acaba de morir estrangulado o que tiene la lepra. Ya estoy hasta la coronilla de las penas de los demás... Mire, mire cómo se encorajina...

—¿Quién?

—El mar.

—Debe estar harto de escucharnos.

—Y yo de oír el oleaje. ¿Se imagina usted al radio-escucha en la Patagonia, tan tranquilo?

—Y rodeado de espías. Pero, hombre de Dios, ¿todavía se lo cree?

—Lo dicen los periódicos.

—Vamos, vamos, tiene usted cada cosa...

Y se fueron sin decir nada más. De pronto se puso a lloviznar y echaron a correr...

Índice

Mi Cristina y *El mar* forman parte de la recopilación de relatos de Mercé Rodoreda publicada en la colección Alianza Tres bajo el título *Mi Cristina y otros cuentos* con el número 92.

Otra obra de la autora en Alianza Editorial:
Aloma (AT 100)

Últimos títulos de la colección:

9. Francisco Ayala: *El Hechizado. San Juan de Dios*
10. Julio Cortázar: *El perseguidor*
11. Oscar Wilde: *El fantasma de Canterville*
12. Charles Darwin: *Autobiografía*
13. Pío Baroja: *La dama de Urtubi*
14. Gabriel García Márquez: *El coronel no tiene quien le escriba*
15. Joseph Conrad: *Una avanzada del progreso*
16. Anne de Kervasdoué: *El cuerpo femenino*
17. Federico García Lorca: *Yerma*
18. Juan Rulfo: *Relatos*
19. Edgar A. Poe: *Los crímenes de la calle Morgue*
20. Julio Caro Baroja: *El Señor Inquisidor*
21. Camilo José Cela: *Café de Artistas*
22. Pablo Neruda: *Veinte poemas de amor y una canción desesperada*
23. Stendhal: *Ernestina o el nacimiento del amor*
24. Fernand Braudel: *Bebidas y excitantes*
25. Miguel de Cervantes: *Rinconete y Cortadillo*
26. Carlos Fuentes: *Aura*
27. James Joyce: *Los muertos*
28. Fernando García de Cortázar: *Historia de España*
29. Ramón del Valle-Inclán: *Sonata de primavera*
30. Octavio Paz: *Arenas movedizas. La hija de Rappaccini*
31. Guy de Maupassant: *El Horla*
32. Gerald Durrell: *Animales en general*
33. Mercè Rodoreda: *Mi Cristina. El mar*
34. Adolfo Bioy Casares: *Máscaras venecianas. La sierva ajena*
35. Cornell Woolrich: *La marea roja*
36. Amin Maalouf: *La invasión*
37. Juan García Hortelano: *Riánsares y el fascista. La capital del mundo*
38. Alfredo Bryce Echenique: *Muerte de Sevilla en Madrid*
39. Hans Christian Andersen: *Cuentos*
40. Antonio Escohotado: *Las drogas*